爱与生命的旅程

流浪考拉

[美] 桑德拉·马克尔 著 [英] 艾伦·马克斯 绘 杨

中信出版集团 | 北京

图书在版编目（CIP）数据

流浪考拉 / (美) 桑德拉 · 马克尔著 ; (英) 艾伦 ·
马克斯绘 ; 杨卢译. -- 北京 : 中信出版社, 2021.3 (2024.3重印)
（爱与生命的旅程）
书名原文: Finding Home
ISBN 978-7-5217-2665-7

Ⅰ. ①流… Ⅱ. ①桑… ②艾… ③杨… Ⅲ. ①儿童故
事－图画故事－美国－现代 Ⅳ. ①I712.85

中国版本图书馆CIP数据核字(2021)第016474号

流浪考拉
（爱与生命的旅程）

著　　者：[美] 桑德拉 · 马克尔
绘　　者：[英] 艾伦 · 马克斯
译　　者：杨卢
出版发行：中信出版集团股份有限公司
（北京市朝阳区东三环北路27号嘉铭中心　邮编　100020）
承 印 者：北京盛通印刷股份有限公司

开　　本：889mm × 1194mm　1/16　　印　　张：2　　字　　数：50千字
版　　次：2021年3月第1版　　印　　次：2024年3月第7次印刷
京权图字：01-2021-0071
书　　号：ISBN 978-7-5217-2665-7
定　　价：20.00元

九月，澳大利亚新南威尔士州。

春天才刚刚开始，

穿过树叶的微风

却热乎乎的。

蜷缩在树上的考拉妈妈

被风儿惊醒了。

它耸了耸那大大的、黑黑的鼻子，

嗅了嗅。

空气里弥漫着桉树叶和浓烟的味道。

睡在它身旁的考拉宝宝，是它九个月大的女儿，

此时也醒了过来，想要爬进妈妈的育儿袋里。

但考拉宝宝已经长大啦，这个安全的港湾对它来说有点小了。

于是，它爬到了妈妈的背上。

袋鼠们成群结队地从它们的树下跑过，像滚过隆隆的雷声。

袋貂们急匆匆地紧跟在后面。

头顶上，一群五颜六色的鹦鹉，

奋力拍打着翅膀掠过，

一只蜜袋鼯乘着阵阵浓烟滑翔而过。

考拉妈妈也开始逃命。
但是它既跑不快，
又不会飞，
也不会滑翔。
不过，它擅长爬树。于是，
它跳啊，
跳啊，
跳啊，
一直跳到它能够得着的最高的树枝上。
考拉宝宝紧紧地抱住妈妈，
寸步不离。

噼里啪啦，
嚓里咔嚓，
大火咆哮着横扫森林。
火焰像海浪一般冲击着灌木丛，
爬上树干，
蹿到空中，
吞没掉它能触碰到的每一片树叶。
而再往上——
考拉妈妈紧紧地抱住宝宝，蜷成一团，
滚滚黑烟在它们周围盘旋。
成群的火星儿上下飞舞，
穿过滚滚浓烟，
落在身上，针扎似的疼。

考拉妈妈很幸运。

这场林火并没有那么猛烈。

而且它待的那棵树靠近防火带，

那是一块远离灌木丛的空地。

所以，大火还没烧到它那儿

就熄灭了。

考拉妈妈逃过一劫，

只是背上被一团燃烧的树叶

烧伤了一块。

考拉宝宝被护在妈妈身体和树干之间，

安然无恙。

但是，
那些大叶桉和赤桉，
现在却只剩下黑乎乎、光秃秃的树干了。
那些考拉们曾经每天享用各种桉树叶自助餐的地方，
如今全都不复存在了。

森林旁边的土地倒是没被大火侵袭，
但那里几乎没有树木。

那天夜里，
考拉妈妈背着自己的宝宝，
慢慢地爬下树。
它摇摇晃晃地穿过洒满月光的草地，
身后的影子也起起伏伏的，
仿佛在驱赶它离开
被烧成灰烬的
家园。

走了一小段路后，考拉妈妈
耸了耸它那大大的、黑黑的鼻子。
它需要吃点树叶，
但并不是什么树叶都行。
因此，当它嗅觉敏锐的鼻子没有发现
任何有生机的气味时，
它只能颤颤巍巍地继续向前走。

一小时又一小时，
考拉妈妈不停地寻找食物。
在它快背不动那大个子的宝宝时，
它就抖一抖肩膀。
考拉宝宝就从妈妈的背上滑下来，紧跟在妈妈后面，
当考拉妈妈再次停下来嗅嗅空气时，
考拉宝宝就又飞快地爬到妈妈的背上。

考拉妈妈终于捕捉到了食物的气味。
顺着一条干涸的小溪，
越过一片田野，
钻过一道篱笆，
经过高大的房屋，
它终于看见了自己一直寻找的——
一棵大叶桉。

考拉妈妈快步上前想享用大餐。

可就在它即将到达树下时，一道黑影猛地跳出来。

黑影用四足飞奔着，

牙齿闪着白光，

狂吠不止。

在月光的照耀下，考拉妈妈发现那是一条

狗。

考拉妈妈呼噜呼噜地叫着，
推开尖叫的考拉宝宝，
然后像兔子似的跳跃着跑远了。
狗怒吼着，咆哮着。
一直追着它。
当狗快追上时，
考拉妈妈猛地仰面倒下，
嘶嘶地叫着，
举起它锋利的爪子准备与狗搏斗。

突然，院子里传来了喊叫声，
狗停住了。
院子里传来第二声喊叫时，狗低吠了一声
就跑开了。
考拉妈妈打了个滚站起来。
一个女孩走上前来，抓住了狗的项圈。
考拉妈妈和女孩对视了
一分钟，甚至更久。
虽然考拉是澳大利亚土生土长的动物，
但很少在丛林以外现身。
考拉和女孩对彼此都感到好奇。

考拉宝宝爬回妈妈背上，
女孩也牵着狗回到屋里。
考拉妈妈开始爬树，准备享用大餐了，
往上，
往上，
再往上，
它一直爬到大叶桉那高处的、嫩嫩的树枝上。
它用脚上锐利的弯爪钩住一根嫩枝，
然后咬下一片树叶。
为了消化掉这粗硬的食物，它必须一小口一小口、
一小块一小块地
细细咀嚼。

考拉宝宝也爬到树枝上，
想自己摘一片树叶吃。
它紧紧地抓着它所在的树枝，
它的大鼻子碰到了很多树叶，却只是把树叶碰得更远了。
小考拉只咬了几小口就回来了，
把头钻进妈妈的育儿袋里，吃起奶来。
不一会儿，它就蜷缩着睡着了，
而考拉妈妈还在嚼啊，
嚼啊，
嚼。

考拉妈妈背着考拉宝宝

从树上爬下来了，

这时天空变成了粉红色， 空气也暖和了。

在曾经的家，它会选好几棵树，从中挑选喜欢的树叶作为晚餐。

但现在，它走了老远才找到这棵大叶桉，只能在这里饱餐一顿了——

吃了差不多200克的树叶。

现在，它摇摇晃晃，一步一步，

想要去寻找一棵更茂盛的树，

好在烈日下乘凉。

它们找到了一棵金合欢树。
考拉妈妈爬上高高的枝头睡起觉来，
考拉宝宝就偎依在它旁边。
突然，一阵喧闹声把它吵醒了。
它透过树叶间隙往下看，
发现树下的人，正抬头盯着它看。
它继续睡，时不时醒来观察下面的人。
突如其来的喧闹声，再次惊醒了它，
这时它发现下面的人越来越多了。

那天晚上，考拉妈妈背着考拉宝宝，
去寻找下一餐。
它习惯每晚在不同的地方吃晚餐，
所以它不停地耸着鼻子，闻呀闻呀，
一步一步，
想找到一棵树，饱餐一顿。
它在前面摇摇晃晃地走着，人们就在后面慢慢跟着。
等它终于找到一棵树开始进食时，围观的人也越来越多了，
不时地还有白晃晃的灯光，
晃得它直眨眼睛，吓得宝宝直叫唤。

在接下来的两天里，考拉妈妈从一棵树换到另一棵树。
它吃东西，
睡觉，
时不时观察一下围在旁边的人群，
听他们叽叽喳喳、嘤嘤嗡嗡的声音。
到了第三天晚上，围观的人更多了，
考拉妈妈在树上待得比往常更久了。
忽然，一阵微风吹来，暖暖的、柔柔的，
树叶也轻轻舞动。
空气里是泥土、青草和人群的味道，还有——
桉树的味道。
考拉妈妈出发了，
一路循着桉树的气味。

人们紧随其后。
经过许多房屋，
穿过一座大门，
绕过一个池塘，
越过一片田野，
来到一条又宽又黑的马路上。

路上挤满了小汽车、卡车，
还有人。
他们都停下来让考拉母女安全通行。
人声鼎沸，
灯火通明。
考拉妈妈吓得停在路边，
考拉宝宝大声尖叫着。

不一会儿，
灯熄灭了，一盏接着一盏，
喧闹声也停止了。

终于，只剩月光和风声，
风还捎来了桉树的气味。
考拉妈妈背着它的宝宝，
循着气味，
穿过安安静静的人群，
穿过又宽又黑的马路。

然后，它迫不及待地钻进森林，跳到
一棵赤桉上，爬呀跳呀，一直爬到高处的嫩枝上。

而在它身后，喧闹声和灯光又打破了夜的宁静。
考拉妈妈却毫不在意。
它已经在嚼着树叶，
享受着新家园的各种气息。
旁边的考拉宝宝也自己挑了一根树枝爬上去，
伸出爪子钩住一片树叶，
开始咀嚼着，享受美食。

真相笔记

野生动物真故事

澳大利亚山火与考拉

本故事是根据一只叫辛德思的考拉（树袋熊）的真实经历而改编的。它曾遭遇两次山火。在第一场山火中，辛德思被严重烧伤，经过十一个月的特殊护理才得以康复。康复后，人们将它放归山林，并为它戴上无线电项圈，这样研究人员就能追踪到它，掌握它在野外生存的情况。不到一年，辛德思的新家园又发生了一场山火。而这次，因为有防火带，它幸免于难，但它赖以为生的树木却被烧毁殆尽。让研究人员惊讶不已的是，为了找到新家园，辛德思竟然行走了20千米。当它穿过车水马龙的公路出现在市郊时，它的旅程成了轰动一时的新闻。它甚至还在澳大利亚皇家空军基地访问逗留了几天呢。当辛德思在一片新的林地定居下来时，人们摘掉了它的项圈。后来它一直生活在那儿。人们相信，辛德思的后代们也会一直生活在它寻找到的新家园里。

动物密档

不怕毒的考拉

◆ 有些桉树，如大叶桉和细叶桉等的叶子所含的化学成分，会使很多动物中毒，但是考拉吃后却安然无恙，这是因为它们肠道内有特殊的细菌。

◆ 考拉宝宝出生后，会在妈妈的育儿袋里生活六个月。然后考拉宝宝会在妈妈身边再待六个月或者更久，之后才独立生活。